世界经典童话小说书系

U0676066

老鹰和小鸡

著者/佚名　编译/蒲永俊 等

吉林出版集团股份有限公司 ｜ 全国百佳图书出版单位

图书在版编目（CIP）数据

老鹰和小鸡／（意）佚名著；蒲永俊等编译.--

长春：吉林出版集团股份有限公司，2016.12

（世界经典童话小说书系）

ISBN 978-7-5581-2110-4

Ⅰ.①老… Ⅱ.①佚… ②蒲… Ⅲ.①儿童故事 – 作品集 – 世界 Ⅳ.①I18

中国版本图书馆CIP数据核字（2017）第065119号

老鹰和小鸡

LAOYING HE XIAOJI

著　　者　佚　名
编　　译　蒲永俊 等
责任编辑　黄　群
封面设计　张　娜
开　　本　16
字　　数　50千字
印　　张　8
定　　价　18.00元
版　　次　2017年8月 第1版
印　　次　2020年10月 第4次印刷
印　　刷　三河市嵩川印刷有限公司
出　　版　吉林出版集团股份有限公司
发　　行　吉林出版集团股份有限公司
地　　址　长春市绿园区泰来街1825号
电　　话　总编办：0431-88029858
　　　　　发行部：0431-88029836
邮　　编　130011
书　　号　ISBN 978-7-5581-2110-4

前言

儿童自然单纯，本性无邪，爱默生说："儿童是永恒的弥赛亚，他降临到堕落的人间，就是为了引导人们返回天堂。"人们总是期待着保留这份童真，这份无邪本性。

每一个儿童都充满着求知的欲望，对于各种新奇的事物，都有着一种强烈的好奇心，这样在成长的过程中就不可避免地被好的或坏的事物所影响。教育的问题总是让每个父母伤透了脑筋，生怕孩子们早早地磨灭了童真，泯灭了感知美好事物的天性。童话很好地解决了这个问题，让儿童始终心存美好。

徜徉在童话的森林，沿着崎岖的小径一路向前，便会发现王子、公主、小裁缝、呆小子、灰姑娘就在我们身边，怪物、隐身帽、魔法鞋、沙精随时会让我们大吃一惊。展开想象的翅膀，心游万仞，永无岛上定然满是欢乐与自由，小家伙们随心所欲地演绎着自己的传奇。或有稚童捧着双颊，遥望星空，神游天外，幻想着未知的世界，编织着美丽的梦想。那双渴望的眸子，眨呀眨的，明亮异常，即使群星都暗淡了，它也仍会闪烁不停。

童心总是相通的，一篇童话，便会开启一扇心灵之窗，透过这扇窗，让稚童得以窥探森林深处的秘密。每一篇童话都会有意无意地激发稚童的想象力和感知力，让他们在那里深刻地体验潜藏其中的幸福感、喜悦感和安全感，并且让这种体验长久地驻留在孩子的内心，滋养孩子的心灵。愿这套《世界经典童话小说书系》对儿童健康成长能起到一点儿助益，这样也算是不违出版此书的初心了。

编者

2017 年 3 月 21 日

目录
MULU

说谎的公鸡

从前，有一只可爱的兔子和一只威武的公鸡。它们感情深厚，无话不谈，一天不见面就像少点儿什么似的。

"最近我的活动量太小，体重增加了不少，应该减肥啦！以后每天早晨听到你的叫声，我就起来跑步。"兔子对公鸡说。

"好啊，我会按时叫你起床的。"公鸡笑了笑说。

第二天，公鸡有意不打鸣，兔子一觉醒来，太阳已经升得老高。

"到点儿为什么不打鸣，害得我睡过了头。"兔子埋怨道。

"我嗓子疼，喊不出声，就跑到村外，让另一只公鸡替我打鸣。"公鸡解释说。

一天，公鸡和兔子又凑到了一起。

"今天阳光明媚，咱们一起去山坡上转转吧！"兔子提议道。

"好啊，我们这就出发吧！"公鸡完全赞成。

兔子蹦蹦跳跳地走在前面，边吃草边察看周围的动静，公鸡紧随其后。

这时，一条蛇看见了兔子，便不动声色地向它爬来。

"兔子老弟，我已经两天没吃东西了，看见你我真高兴，你就当我的美餐吧。"蛇流着口水说道。

公鸡发现敌情，飞快地跑过来。

"哈哈，我想你和兔子都成了我的猎物，我不费吹灰之力，就能把你们吃掉。"蛇大笑着说。

兔子看见蛇，吓得双腿发软，直打哆嗦。公鸡灵机一转，想起附近有一块儿黄烟地。

"你先吃谁，我都没意见。不过你能不能闭上眼睛，我和兔子藏起来，你先逮着谁就先吃谁，怎么样?"公鸡说。

蛇欣然接受了公鸡的建议。公鸡和兔子躲进黄烟地，蛇开始寻找。蛇刚一爬到黄烟地，便闻到了刺鼻的烟叶味儿，像过敏似的，立刻躺在地上动弹不得了。

公鸡和兔子趁机逃跑，躲过了一场灾难。

一天夜里，一只黄鼠狼窜入主人家，把公鸡吵醒了。公鸡发出急促的尖叫，给主人报信儿。

主人拿着棒子，来到鸡笼前，看见黄鼠狼正咬着一只鸡的脖子。主人举棒就打，黄鼠狼拖着受伤的后腿仓皇而逃。

"那天晚上，多亏了公鸡，不然，这些鸡就都没命了。无论什么时候我都不会宰杀它，它是我们家的救星。"主人事后逢人便夸赞公鸡。

一晃儿秋天到了，主人又买了十只鸡，准备过年杀了吃。由于精心喂养，十只鸡都长得胖胖的。

一天夜里，盗贼潜入院内，被兔子察觉到。幸好主人把门灯的开关安装在了兔子窝旁。兔子急忙按动开关，盗贼一见灯亮，立刻逃跑了。

主人因此也非常喜欢兔子。

有一次，公鸡突然产生了一个想法，想要看看兔子对它是否忠诚。

"等它来了，我试探一下，看它会不会把我的话告诉他老婆。"公鸡想。

兔子应邀去公鸡家做客，公鸡热情地接待了它。

"我有个秘密，每天睡觉前，就让我老婆把我的头割下来，这样我就可以一觉睡到天亮，舒服极了。第二天一早，再让我老婆把我的头装上。每天我都这样做，你可要替我保密啊，谁叫我们是朋友呢!"公鸡神秘兮兮地说。

公鸡和兔子曾有个约定，如果一方到另一方家里做客，就要睡在凉棚下。这次也是一样，兔子在公鸡家的凉棚下睡了三天。

"我的朋友，这些天你在我家做客，感觉怎么样？睡在我的凉棚下，有没有听到我说梦话呀?"公鸡试探着问道。

"没有，这几天我睡得很香，没听见你说梦话，只是天亮时，就会被你的打鸣声吵醒。"兔子回答说。

"咱俩这么多年的朋友，我跟你说的秘密，你可要藏在心里，不能说出去，就连你的老婆，都不能透露，听到没?"公鸡叮嘱道。

"放心吧，你的秘密只有我一个人知道，对任何人我都不会说。"兔子起身告辞。

兔子刚走，公鸡就把自己的老婆叫来。

"乖老婆，过两天兔子还会来咱家做客，你再把它安排在凉棚下睡觉，然后这样……"公鸡压低了声音。

"兔子能信吗？"母鸡有些怀疑。

"凭我们这么多年的交情，它肯定信。"公鸡信心十足。

过了几天，兔子如约而来，寒暄过后，它们便坐下来聊天。

"我的朋友，你还记得上次我跟你说的秘密吗？"公鸡突然问道。

"怎么不记得，你让我把它装在肚子里，不要说出去，是这样吧？"兔子回答说。

"是这样。今天晚上，你在凉棚下睡觉，如果听见我说什么，一定要为我保密，记住了吗？"公鸡强调道。

"我一定替你保密，你就放心吧！"兔子有些不耐烦了。

晚上，兔子来到凉棚下，刚要睡着，忽然听到公鸡和它的老婆在谈话。

"老婆，你怎么忘了把我的头割下来，我带着头睡觉，能睡香吗？"公鸡假装生气地说。

"请原谅，我今天太累了，忘了割你的头了。快拿刀来，我马上割，让你睡个好觉。"母鸡说道。

"难道这是真的，它们两口子也不能一起说胡话啊？再说，公鸡是我多年的朋友，不可能对我撒谎啊？"兔子百思不得其解。

接着，又传来母鸡的声音。

"割下来了，快睡吧。"母鸡说道。

天快亮时，公鸡又把老婆叫醒。

"老婆，快把我的头装上，我该出去打鸣啦！"公鸡大声说道。

"把脖子伸过来，我给你把头装上。唉，太麻烦了，大家都是带着头睡觉，可你倒好，天天折磨我。"母鸡按事先商定好的话说道。

兔子想，看来这是真的。

兔子又在公鸡家住了三天，每天晚上，都能听见公鸡让老婆帮忙割下自己的头。这让兔子更加相信，这一切确实是真的。

三天后，兔子告别公鸡，回家了。

兔子一路上都在想着公鸡的秘密。

"它怎么比我还厉害呢？凭我的智商，完全可以战胜公鸡！"兔子非常不服气。

兔子不知不觉回到了家。

刚走到门口，兔子就把老婆喊了出来，将公鸡的秘密一五一十地告诉了老婆。

"这是我刚学会的一招，过几天公鸡来咱家做客，你就和它老婆一样，也把我的头割下来。"兔子对老婆说。

"好吧。可是我还真没见识过，有谁把头割下来还能活过来的。是不是公鸡在骗你？"兔子的老婆将信将疑。

"错不了，你就放心地割吧！"兔子信心十足。

几天后，公鸡来兔子家做客。老朋友见面，总是有聊不完的话题，他们一直聊到深夜。

公鸡被安置在凉棚卜睡觉，兔子和老婆一起回屋。

公鸡并没有马上睡觉，而是来到兔子的窗户下，偷听兔子和老婆的谈话，想知道兔子是否把秘密泄露了出去。

公鸡一点儿声音都没听见。又过了一会儿，还是没有任何声音。

"看样子今晚没戏了。"公鸡自言自语道。

这时，突然下起了雨，又打了一个响雷，兔子被惊醒了。

"老婆，你忘记每天该做什么了吗，为什么让我带着头睡觉？快把我的头割下来，让我睡个安稳觉。"兔子吩咐道。

公鸡吃了一惊，但什么都没说。

兔子的老婆拿来一把锋利的刀，对着丈夫的脖子一刀下去，头立刻被割了下来。

兔子立刻四腿抽搐，兔子的老婆以为它还活着。可是没想到，兔子蹬了几下腿就死掉了。

割完丈夫的头，兔子老婆便去睡觉了。

第二天早晨，兔子的老婆拿起头，装到丈夫的脖子上，可是兔子一点儿反应都没有。

"你快醒醒，天已经亮了！"兔子的老婆大声喊道。

兔子一动不动，成群的苍蝇聚集在兔子身上。兔子的老婆终于明白过来，丈夫已经死了。

兔子的老婆急忙找到公鸡。

"我的丈夫死了，你快去看看吧！"兔子的老婆哭着说。

公鸡走过去一看，兔子果然死了。

公鸡非常后悔，因为自己的一个恶作剧，让多年的朋友竟丧了命。

"兔子都跟你说什么了？"公鸡问兔子的老婆。

"它把你的秘密告诉了我。它确信这是真的，还一再说服我。我也没多想，就按它说的去做，结果害了它。"兔子的老婆哭诉道。

"我为兔子的死感到十分悲痛。"公鸡十分伤心。

为了考验兔子，编造了一个谎言，竟让它失去了生命，公鸡懊悔不已。

公鸡和兔子的亲朋好友为兔子举行了安葬仪式。

因为自己的一个恶作剧，便结束了和兔子多年的友谊。从此，公鸡再也没有朋友了。

老鹰和小鸡

很久以前，有一只威武的老鹰。作为鹰王，他说话很有号召力，说一不二。美中不足的是，有块"心病"一直困扰着他。这些年来，他的子女活下来的很少，一个个相继夭折，最后只剩下一个儿子拉希西。因此，老鹰把一切希望都寄托在了拉希西身上，希望将来把鹰王之位传给他。

突然有一天，拉希西生病了，而且病得很重，这让老鹰很担心。于是，老鹰花重金请来很多高明的医生给儿子看病。这些人一番折腾，开了很多药，但拉希西的病情一点儿不见好转。

老鹰很失望，将医生们臭骂一顿，然后赶出家门。看着奄奄一息的儿子，老鹰心急如焚，彻夜难眠。

正在老鹰一筹莫展的时候，家里来了一位不速之客。

"我知道有个医生能治好你儿子的病，你如果相信，就把他请来。"来客直言不讳地对老鹰说。

老鹰听后大喜过望，让来人赶快去请那个医生。

"不过，在请这个医生之前，你必须先支付给我一笔酬金，这是我应得的报酬，不知你是否愿意？如果不愿意，我立马走人，你另请高明，我从来不勉强人。"来客不急不躁，口气平和地对老鹰说。

"多少钱？我可以先预付给你。可是如果治不好我儿子的病，怎么办？你应该有个说法，你不会让我白花钱吧？"老鹰对来客说道。

"那不可能，我从来都是无功不受禄。如果那个医生没治好你儿子的病，我会将酬金如数返还，绝不食言。"来客有板有眼地回答说。

"很好，我就喜欢爽快人。如果这样的话，我现在就可以支付给你酬金，不知道你要多少？"老鹰高兴地对来客说。

"十五个列阿尔，不算多，我不是那种敲竹杠的人，我凭本事吃饭。"来客说道。

老鹰见来客说话在理，人也实在，便让妻子取出十五个列阿尔给了来客。

来客拿着钱起身告辞。

"你现在就去请那个医生，一刻也不要耽误。我儿子病得很重，就要死了，再耽误就要误大事了。"老鹰叮嘱来客道。

"我明白，性命关天。你放心吧，我现在就去。"来客说完，撒腿就往蜘蛛家跑。

"蜘蛛医生，我有个重要的事儿找你，请开门。情况紧急，再晚就来不及了，这可是性命攸关的大事。"来到蜘蛛家门前，来客使劲敲门。

蜘蛛开门迎客。

"我知道你医术高明，有妙手回春、起死回生的本领。现在老鹰的儿子病得很厉害，马上就要死了，你赶紧去看看吧，一刻也不能耽误。"来客开门见山地对蜘蛛说。

"治好老鹰的儿子，你将得到一笔丰厚的酬金，一辈子也花不完，赶紧走吧！"来客继续说道。

"治病救人是医生的天职，哪有见死不救的道理？但是现在路上不安全，我不敢单独出门，你能陪我一块儿去

吗?"蜘蛛听后犹豫地问道。

"你怎么会这么胆小,为什么不敢一个人走,青天白日的,害怕什么?"来客有些生气了。

"我要经过母鸡家,会被她吃掉的。"蜘蛛担心地说道。

"怎么,你们吵架了吗,你们不是一直很好吗?"来客不解地问。

"昨天的事儿你不知道?"蜘蛛睁大眼睛。

"不知道,到底发生了什么事儿?"来客吃惊地问道。

"不知道哪个昆虫得罪了母鸡,母鸡发怒了,说今后不管碰到什么虫子,一概不留情面,一定要吃了它。她是想以此发泄对昆虫和小动物的愤怒。在母鸡眼里,我不过是一只微不足道的小虫子,吃掉我是顺理成章的事。"蜘蛛回答说。

"不可能,我怎么没听说这事儿?是你杜撰的吧?不要整天疑神疑鬼的,谁也不会伤害你的。快去看病吧,如果不去,就是偷懒耍滑,不近人情。"来客又催促道。

蜘蛛见来客不相信自己的话，也不愿意陪自己去，一时为难了。思前想后，为了给老鹰的儿子看病，蜘蛛只好将生死置之度外了。他简单地收拾了一下东西，背上药袋出发了。

一路上，蜘蛛小心谨慎、战战兢兢地往前走，生怕被母鸡抓住，丢了性命。紧赶慢赶，终于离老鹰家不远了。

这时，路上突然走来一只母鸡，蜘蛛吓得要命，赶紧躲进路边的芦苇丛中。但母鸡眼睛很尖，一下就看见了蜘蛛，然后三步并作两步，钻进芦苇丛，把蜘蛛逮了个正着。

母鸡将蜘蛛拖到路中央，一腔怒火全撒在了他身上。她用尖尖的嘴巴使劲地啄咬蜘蛛，三下五除二就把蜘蛛给弄死了。

母鸡还觉得不解气，将蜘蛛撕成碎片，分给小鸡吃。小鸡们聚在一起，把蜘蛛肉当作了丰盛的午餐，一个个吃得津津有味。

饱餐过后，小鸡们又开始嬉戏起来，把蜘蛛的药袋啄得粉碎，药粉撒了一地。他们又把药瓶砸碎，里面的药水洒得到处都是，然后兴高采烈、又唱又跳地走了。

老鹰焦急万分，等着来客请医生来，可是左等右等还是不见医生。这时，老鹰发现儿子的病情越来越严重，眼看着就要不行了。

老鹰左思右想，认为自己被骗了，来客一定骗钱跑了。想到这里，老鹰大怒，要找来客算账。

他刚走出家门没有多远，就看见路上散着许多药粉，瓶子渣儿、碎布条。老鹰暗想，这里肯定出什么事儿了。

老鹰仔细查看，从一片狼藉中找到一段残缺不全的日记，经过拼对，看到了日记的大体内容：他来了，让我赶快去给老鹰的儿子拉希西看病，并且一个劲儿地催促我，要我快些走，否则时间就来不及了。我必须快些去，救死扶伤是我们医生义不容辞的责任，绝不能瞻前顾后、患得患失、无故拖延时间，否则就愧对了医生这个职业。

但是，路上究竟发生了什么事儿，日记里没有写。老鹰从满地的鸡脚印判断此事一定与鸡有关。

两天后，老鹰的儿子死了。老鹰悲痛至极，将儿子埋葬在山丘上。葬礼结束后，老鹰就作出决定——给儿子报仇。

"今后不管是谁，只要看到小鸡或母鸡，都要统统吃掉！对它们决不能有丝毫的怜悯和同情。"老鹰宣布了决定。

从那以后，老鹰和母鸡就结下了深仇大恨，一直延续到今天。老鹰永远都不会原谅母鸡，因为他制止了蜘蛛给他的儿子看病，结果儿子死了。

要是有人抓住母鸡想教训她，这时，母鸡的头就会摇得如同拨浪鼓，嘴里还不停地狡辩，说不是我干的，绝对不是我干的！

时至今日，母鸡也没弄明白，自己从未招惹过老鹰，为什么老鹰总跟自己过不去，甚至连自己的孩子都不放过，

真是个丧尽天良的家伙!

为此，母鸡也曾联络过除老鹰之外的两只脚动物，和老鹰决一死战，但结果总是纷纷败下阵来，落荒而逃。

人们时常可以听见，老鹰在高空中的悲鸣——拉希西，拉希西啊，声音悲怆、凄凉。

灰姑娘麦娜

　　从前有一对儿夫妻，丈夫叫阿里，妻子叫拉姆。阿里每次想到自己跟拉姆一直没有孩子，就唉声叹气。细心的拉姆猜到了阿里的烦恼，就劝他再娶一个妻子。不久，阿里娶了第二个妻子昆杜尔。

　　昆杜尔经常找借口与拉姆吵架。阿里左右为难，为了家庭和睦，只能劝两个妻子相互宽容。昆杜尔嘴上答应，私下里还是我行我素。

　　令阿里欣慰的是，拉姆和昆杜尔都怀孕了。拉姆生的女儿叫麦娜，昆杜尔生的女儿叫布蒂。

　　布蒂从小跟着昆杜尔长大，傲慢无礼、目中无人，而麦娜跟着拉姆长大，温柔善良、勤快贤惠。阿里非常疼爱两个女儿，随着时间的流逝，布蒂和麦娜在阿里的宠爱下渐渐长大了。

　　一天，阿里带麦娜去钓鱼。

　　阿里钓上来一条很大的鱼，高兴坏了，急忙收线。大鱼趁机狠狠咬了阿里一口，然后逃走了。阿里的伤口血流不

止，迅速变黑。麦娜用尽全身力气把父亲搀回家。

拉姆赶紧给阿里擦洗伤口，并叫六神无主的麦娜去请大夫，而昆杜尔和布蒂只是看着阿里不停地抱怨。

可怜的阿里含泪望着妻子女儿咽了气。

家里突然没了收入，好吃懒做的昆杜尔便跟拉姆商量，让拉姆去干农活，自己料理家务。拉姆只好答应，每天在地里干活儿，而昆杜尔却天天在家睡大觉。时间久了，家里变得脏乱不堪。拉姆找昆杜尔理论，昆杜尔因此记恨拉姆。

一天，拉姆在井边洗衣服，昆杜尔用木棍将拉姆打晕推进井里。太阳落山后，麦娜哭着找妈妈。昆杜尔因为心虚，抡起棍子毒打麦娜，没打几下麦娜就昏了过去。昆杜尔陷入恐惧之中，连夜带着布蒂逃往另一个村子。

麦娜苏醒过来，四处寻找妈妈，最后在井边发现了一根带血的木棍。她对着井下大声呼喊，但没人答应。一条大鱼从井里探出头来，冲着麦娜摇了摇尾巴，又缩了回去。

麦娜疲倦地回到家里，不知不觉竟睡着了。母亲拉姆出现在麦娜的梦中，说自己是被昆杜尔害死的。梦里还出现了一个老人，他告诉麦娜，井里的大鱼就是拉姆变的，并叮嘱麦娜，每天早上都要去喂那条大鱼。

昆杜尔在邻村住了一段时间，实在过不下去了，便带着布蒂回了家。

她们回到家，看到麦娜正在井边上喂鱼，家里的一切都井井有条，与阿里和拉姆在的时候一样。而不一样的是，麦娜仿佛一下子长大了，每天按时去井边喂鱼。

麦娜什么都没问，就好像什么都没有发生一样。昆杜尔和布蒂安心地住了下来，每天观察麦娜的一举一动，最终对井里的大鱼起了疑心。

一天，昆杜尔趁麦娜去地里干活儿，将大鱼捞出来，为麦娜做了一碗鱼汤。不知情的麦娜喝掉了鱼汤。

第二天，麦娜去井边喂鱼，可无论怎么呼喊，大鱼就是不出来。尾随而来的昆杜尔得意地告诉麦娜，那碗鱼汤就是用那条大鱼做的。

麦娜顿时昏了过去。老人再次出现在她面前，嘱咐她把鱼骨捡回来，埋到院子里。麦娜按老人说的去做了。很快，埋鱼骨的地方就长出一棵榕树。

榕树长得出奇的快，很快就变得枝繁叶茂。麦娜每天背着昆杜尔母女去榕树下玩儿，玩累了就用榕树枝编成摇篮，躺在里面睡觉。麦娜睡在摇篮里，仿佛又回到了母亲的怀抱。

尽管经常遭受昆杜尔母女的欺辱，可睡在摇篮里的麦娜就像一个公主，脸上露出满足的微笑。

在一个夏天的下午，麦娜躺在摇篮里一边乘凉一边唱歌。

两个王宫侍卫从榕树旁经过，被麦娜动人的歌声所吸引。他们惊奇地发现，摇篮随着歌声摇来摇去，而摇篮里躺着的是一个美丽的姑娘。侍卫们以为看到了仙女。

麦娜睁开眼睛，看到两个侍卫目不转睛地看着自己，吓得急忙跑回家。

两个侍卫将此事报告给了国王。国王十分好奇，在侍卫的引领下来到麦娜家。

恰巧麦娜不在家。刚刚睡醒的昆杜尔看到国王登门，喜出望外。得知国王的来意，昆杜尔决定要好好利用这个机会。

昆杜尔谎称那个姑娘就是自己的女儿布蒂。国王带着布蒂来到榕树下，让她用歌声推动摇篮。布蒂哆哆嗦嗦地唱起歌来，可是摇篮却纹丝不动。

国王大怒，责怪两个侍卫说谎。侍卫赶紧辩解说她不是那天看到的姑娘。

国王怒视昆杜尔。昆杜尔跪地求饶，说家里还有一个女儿，然后赶紧去求麦娜。

麦娜禁不住央求，只得来到榕树旁。她躺到摇篮里，闭上眼睛，回想着从前的快乐时光，唱起了歌。摇篮开始动起来，仿佛在回应着麦娜。

国王对麦娜一见钟情，决定带她回宫，而她却请求带上昆杜尔母女，让她们也住进王宫。

国王很惊讶，但还是答应了麦娜的请求，并封她为王后。

住进王宫的昆杜尔不但不思悔改，反而变本加厉陷害麦娜。昆杜尔让麦娜把竹笋上的绒毛撒到国王床上，说这样可以带来好运。结果，绒毛弄得国王浑身刺痒，烦躁不堪。

昆杜尔还想出一个更恶毒的诡计。她递给麦娜一把斧子，让她把斧子挂在卧室的门上，麦娜照做了。国王看到门上的斧头，立刻勃然大怒，怀疑麦娜要谋害自己，于是下令杀死麦娜。

麦娜平时谦和有礼、善良贤惠，和宫女们相处得很好。麦娜遭到陷害，宫女们愤愤不平，便告诉了国王真相。国王赦免了麦娜，下令杀了昆杜尔。

昆杜尔害怕极了，跪在地上求饶，发誓永不做坏事。

善良的麦娜不忍心看到昆杜尔受罚，再三向国王求情。经不住麦娜的苦苦哀求，国王勉强同意免除昆杜尔的死罪，将她们母女流放远方。

扎曼王子的故事

很久以前，哥哥库斯毕和弟弟库斯帕共同管理着一个部落。部落事物井井有条，人们丰衣足食。

两兄弟都没有孩子，没有人能继承部落首领的位置。人们对此议论纷纷，两兄弟也非常着急。

过了很久，库斯帕的妻子终于有了身孕，九个月零十天之后生了个儿子。小男孩长着一张俊俏的脸，雪白粉嫩，笑起来甜甜的。库斯帕非常高兴，给他取名叫扎曼。

从扎曼出生那天开始，库斯帕就把他关在七层帐篷里，生怕他遇到危险。扎曼对外面的世界一无所知，充满了好奇。渐渐地，扎曼长大了，便缠着库斯帕，求他让自己出去看看。库斯帕勉强同意，选了最强壮的侍卫陪着儿子。

扎曼看到别人骑着马跑到很远的地方，十分羡慕。此后的几天，侍卫每天都教他骑马，然后再送他回帐篷。很快，他就学会了骑马。

几年过去了，帐篷已经关不住扎曼了。库斯帕只得让他在一个尽可能小的范围内活动。

扎曼越来越想去更远的地方，看更多的风景。一天，他趁仆人不注意，跳上一匹马，策马狂奔，离开了众人的视野。

马儿一口气跑出了部落。扎曼高兴极了，新奇地看着从没见过的风景。

他看见远处有一幢孤零零的房子，于是走了过去。一位老奶奶正在用簸箕筛谷子。

扎曼敲了敲簸箕，想引起老奶奶的注意。

"你是谁？还从来没有人能到达这里呢。"老奶奶被吓了一跳。

"老奶奶，对不起，我不是故意吓您的。我叫扎曼，不小心迷了路，才来到了这里。"扎曼赶紧道歉。

"没关系，孩子，快跟我进屋吧。"老奶奶热情地说。

他跟着老奶奶进了屋，看见屋子里有很多床。

"您家里还有别人吗?"扎曼问道。

"没有啊。"老奶奶回答道。

聪明的扎曼觉得一定还有别人住在这里，于是一再追问。

"其实，这是七位公主的家，我负责照顾她们。她们平时住在天上，每隔七天才来洗一次澡。七位公主中，长得最漂亮的是蓬丹达曼公主。你要是喜欢她，只要把她的飞翼藏起来，她就得嫁给你了。对了，今天恰好是她们来洗澡的日子。"老奶奶禁不住扎曼的央求，告诉了他实情。

远处传来公主们嬉戏打闹的声音，扎曼赶紧藏了起来。七位公主说说笑笑着进了屋。

"房子里怎么有陌生人的味道?"忽然,一位公主问道。

"哪儿有什么陌生人,一直都是我一个人。"老奶奶肯定地说道。

公主们很信任老奶奶,便不再追究,而是收拾东西,带着老奶奶一起去洗澡了。

扎曼对美丽的蓬丹达曼公主一见钟情,悄悄地跟着她们来到洗澡的房间外。

公主们一边洗澡,一边开心地玩水。扎曼趁机偷偷地把

蓬丹达曼公主的飞翼藏了起来。蓬丹达曼公主洗完澡，找不到自己的飞翼，非常着急。这时，扎曼从躲藏的地方走了出来。

"你在找什么?"扎曼问蓬丹达曼公主。

"在找我的飞翼，没有飞翼，我就不能回家了。太阳落山前，我们必须回家。"蓬丹达曼公主焦急地回答道。

"我的父亲是部落首领，我家就在附近。您要是回不去了，可以跟我回家。"扎曼说道。

太阳马上落山了，其余几位公主无奈地飞回天上。就这样，扎曼带着蓬丹达曼公主回家了。

自从扎曼离家之后，库斯帕就很自责，觉得不应该过分约束儿子。现在，库斯帕夫妇见到宝贝儿子回来了，还带回来一位美丽的公主，都高兴坏了。库斯帕为扎曼和蓬丹达曼公主举行了婚礼。

半年过去了，蓬丹达曼公主发现自己怀孕了。库斯帕夫妇决定举办一场大规模的藤球比赛以示庆祝。

到了藤球比赛那天，蓬丹达曼公主不能陪扎曼去看球赛。

"别急，很快我就会回来。"扎曼安慰着蓬丹达曼公主。

一个叫应嘉布的老巫婆一直想把女儿马古拉乌嫁给扎曼。听说扎曼去看比赛，应嘉布对槟榔施了魔法，谁吃了槟榔，谁就会爱上她的女儿。随后，她扮成一个卖槟榔的小贩，来到赛场边，找到扎曼，将零食递了过去。

扎曼正在专心致志地看球赛，看都没看就接过零食，扔进了嘴里。等到比赛结束了，他才想起来要付钱，于是来到应嘉布的家里。

应嘉布邀请扎曼进屋坐会儿。扎曼禁不住她的一再邀请，只得勉强进去。

"我只能站一小会儿，天不早了，我的妻子还在等我。"扎曼坚定地说道。

马古拉乌走出来，施加在扎曼身上的魔法起了作用。就这样，扎曼爱上了马古拉乌，把父亲、母亲和蓬丹达曼公主统统忘记了。

扎曼一直没有回家，蓬丹达曼公主心急如焚，可又不敢告诉库斯帕夫妇，怕他们着急，只能继续等待。

几个月后，蓬丹达曼公主生了一个儿子。库斯帕夫妇高兴极了，赶来看望，却发现扎曼并没有在家。

"扎曼去哪儿了？"库斯帕问道。

"我也不知道他去了哪里，自从他去看球赛就没回来过。"蓬丹达曼这才说了实情。

库斯帕赶紧派管家去寻找扎曼。

"你先去找和扎曼一起看球的人问问情况，仔细追查这件事儿，一定要把扎曼找回来。"库斯帕对管家说。

管家四处打听扎曼的消息。

"球赛结束后，扎曼好像去了应嘉布的家。"一个也去了球赛的人说道。

"糟了，应嘉布是远近闻名的巫婆，会很多迷惑人的魔法。扎曼去了她家，一定中了魔法，恐怕很难把他带回家了。"管家暗暗叫苦。

他硬着头皮来到应嘉布家，看见巫婆正站在院子里。

"应嘉布，扎曼王子在不在这儿?"管家强压着心里的胆怯，站在门外喊道。

"在啊。"应嘉布得意扬扬地回答。

"扎曼殿下，蓬丹达曼公主生了一个儿子，您的父亲让您马上回家。"管家不敢进屋，就在外面大声喊道。

扎曼一听，如梦初醒，一下子坐起来。马古拉乌一见，

赶紧拖住扎曼，应嘉布进屋重新施了魔法，扎曼躺回了床上。

"你自己回去吧，扎曼是不会回去的。"应嘉布走到大门口，对管家说道。

管家垂头丧气地回去复命。

"怎么只有你自己回来，扎曼呢？"库斯帕见管家一个人回来了，赶紧迎上去问道。

管家将事情经过详细禀告给了库斯帕。库斯帕听说扎曼待在巫婆的家里，不肯回家，非常生气。可是，现在孙子刚刚出生，怕蓬丹达曼公主伤心，库斯帕只能隐忍下来，什么都没说。

库斯帕夫妇给小男孩儿起名叫小佳汀甘蓝。蓬丹达曼公主很想念自己的父母和姐姐们，可一直没有找到飞翼，只能陪伴着儿子过日子。

小佳汀甘蓝一天天长大了，越来越活泼可爱，聪明机灵，可是从来没见到过父亲。等到小男孩儿会走路时，库斯帕心疼孙子，想把儿子找回来，便又派管家去找扎曼。

"扎曼殿下，您的儿子已经会走路了，可是还没见过亲生父亲，孩子太可怜了。您的父亲、母亲，还有蓬丹达曼公主都非常想念您，求您快点儿跟我回家吧。"管家来到应嘉布门前，大声喊道。

扎曼虽然中了魔法，但还保留着一点儿意识，听见管家的话，流出了眼泪，挣扎着爬起来，打算回家。马古拉乌赶紧叫来母亲，又施了一次魔法，扎曼跌坐了回去。

管家再次无功而返。蓬丹达曼公主的心都伤透了。

小佳汀甘蓝慢慢懂事了，看到别的小孩子都有父亲，就想知道自己的父亲在哪里。

"你父亲叫扎曼，他很久没回来了。"蓬丹达曼公主伤心地对小佳汀甘蓝说道。

小佳汀甘蓝看到母亲很不开心，就不敢再问关于父亲的问题了。

蓬丹达曼公主很想家，想回到家乡，做回原来那个开心的公主，便更加努力地寻找自己的飞翼。

蓬丹达曼公主觉得飞翼可能在库斯帕或库斯毕的家里，便把儿子先送去库斯帕的家里。

"如果奶奶给你吃东西，你吃过后要把餐具踢翻打碎，记住他们说什么，回来告诉妈妈。"蓬丹达曼公主嘱咐小佳汀甘蓝道。

奶奶见到小佳汀甘蓝喜欢得不得了，吩咐厨房做了很多美味的食物给他吃。小佳汀甘蓝吃完后，故意踢翻了餐桌。仆人立刻把这件事儿报给女主人。

"没事儿，这里的一切不都是他的嘛。"库斯帕的妻子说道。

小男孩儿回家后，把奶奶的话告诉了母亲。

第二天，蓬丹达曼公主准备把小佳汀甘蓝送到库斯毕家，临行前把昨天的话又嘱咐了一遍。

库斯毕一直把扎曼当成自己的孩子，看到小佳汀甘蓝自然很高兴，嘱咐妻子做最好的食物给他吃。

小佳汀甘蓝把东西吃光了，又踢翻了餐桌。仆人向库斯毕报告了小男孩儿的行为。

"不用责怪他，他是我们家族唯一的血脉，将来家族的一切不都是他的嘛。"库斯毕温和地说道。

小佳汀甘蓝回到家后，把库斯毕的话学给母亲听。蓬丹达曼公主听了之后很高兴。

第三天，蓬丹达曼公主自己去了公公家。

"父亲和母亲都很疼爱我，这是我的幸运，可是父亲和母亲到底有多疼爱我呢?"蓬丹达曼公主问公公和婆婆。

"家里的东西随你挑。"库斯帕夫妇一起允诺道。

蓬丹达曼公主就等着这句话呢，可是找遍了家里的所有地方，也没有找到自己的飞翼。

第四天，蓬丹达曼公主又来到库斯毕的家里，问了同样的问题。库斯毕夫妇也让她在家里随便找礼物。

蓬丹达曼公主仔细地在各处翻找，终于在顶梁的一个小暗匣里找到了飞翼，顿时热泪盈眶。

她擦干眼泪，把飞翼藏起来，告别库斯毕夫妇，然后就回家了。

当天夜里，蓬丹达曼公主打算飞回天上的王国。

"妈妈要去看望一下你的外公和外婆，你乖乖地待在家里，不要想妈妈。你一会儿不要哭，实在忍不住，也要等妈妈飞远了再哭。好孩子，要听话啊。"小佳汀甘蓝恋恋不舍地抱着母亲，咬着牙点了点头。

蓬丹达曼公主插上飞翼，狠了狠心，头也不回地飞走了。

小佳汀甘蓝攥紧了拳头，眼看着母亲越飞越高，等到看不见母亲了，这才躺在地上放声大哭起来。

仆人听见哭声赶了过来，只见小佳汀甘蓝哭得晕了过去，却怎么也找不到蓬丹达曼公主，于是赶紧去找库斯帕。

库斯帕和妻子收到消息，赶紧赶了过来。库斯帕的妻子抱起小男孩儿，命人取来清水，喷在他的脸上。小佳汀甘蓝慢慢苏醒过来。

"孩子，你为什么哭得这么伤心啊？"库斯帕问道。

"妈妈飞走了，我再也见不到妈妈了。"小佳汀甘蓝抽泣着说道。

"我们到处都找遍了，也没有找到女主人。"仆人跟着说道。

库斯帕派了更多的人出去寻找蓬丹达曼公主，所有人都一无所获。

小佳汀甘蓝一直在伤心地哭泣。很少有问题能难倒库斯帕，但是看着伤心的孙子，他真的感到无能为力。

懂事的小佳汀甘蓝看着爷爷和奶奶愁眉不展，反过来安慰他们。可是，他毕竟是个小孩子，说着说着，又忍不住大哭起来。

库斯帕心疼孙子，再也忍不下去了。

"你去告诉扎曼，他的妻子不见了，儿子快死了。他要是再不回来，就永远都不要回来了。"库斯帕怒气冲冲地对管家说道。

管家不敢怠慢，跑到了应嘉布家门外。

"扎曼殿下，出大事儿了，蓬丹达曼公主飞走了，您的儿子晕死过去了，您快回家看看吧！"管家大喊道。

扎曼一听，一下子清醒过来，跳起来，冲出门去。这一次，无论应嘉布怎么施法，都没有一点儿作用了。

扎曼飞奔回到家中。

"你还知道回来啊？这个家都被你搞散了。"库斯帕见到扎曼后，劈头一顿痛骂。

"唉，你的儿子还没醒过来，就算是醒过来，估计还得哭晕过去，可怜的孩子。当务之急是，你得快点想办法把蓬丹达曼公主找回来。"库斯帕对儿子说道。

扎曼立即启程去找妻子，可是找了很久都没有找到去天上王国的方法。就在一筹莫展之际，他看到一位老人正坐在一块石头上望着天空。

"老人家，您知道去天上王国的路吗?"扎曼走过去，礼貌地问道。

"顺着大路往前走，你就能看见一根长藤和一根短藤，不要去爬长藤，而是去爬短藤。你要记住，往上爬时，千万别低头吐口水。"老人回答道。

扎曼谢过老人往前走，果然看见一根长藤和一根短藤，便去爬短藤，可是爬的时候没忍住，低头吐了口水，结果短藤断了，扎曼掉进海里。他只能返回去向老人求助。

"你去爬长藤吧，往上爬时，千万不能低头看。"老人说道。

扎曼爬长藤爬了很久，再也不敢低头看了，最终到达了天上的王国。

扎曼看到一位老奶奶正在筛谷子，便走过去和她聊天。

"最近，我们失踪多年的蓬丹达曼公主回来了。国王正举办一场盛大的藤球比赛，赢的人可以迎娶蓬丹达曼公主。小伙子，你可以去碰碰运气啊！"闲聊中，老奶奶说道。

扎曼一听，赶紧顺着老奶奶指的方向，向赛场赶去。刚到赛场，藤球正好传到他脚下，他一脚把球踢了出去。球旋转着打中了挂着的山竹果实。人群沸腾起来，原来，打中山竹果实的人就是赢家。

有人赢得了比赛的消息很快传到国王的耳朵里，他让人把获胜的人带来。扎曼在人们的簇拥下来到王宫，见到了蓬丹达曼公主的父亲。

"我是来找妻子的，您的女儿蓬丹达曼公主就是我的妻子。我中了魔法，很长时间没有回家，她伤心至极，扔下儿子回到这里。儿子因为想念她，已经哭得昏迷不醒了。我是来请求她的原谅，接她回家的。"扎曼一见国王，立即说道。

此前，国王已经了解了事情的经过，但还想考验一下扎曼。

"年轻人，我的女儿不能随随便便就跟你走。你得先答应我几个条件，才能带走蓬丹达曼。"国王说道。

"您请说，什么条件我都答应。"扎曼目光坚定地看着国王说道。

苏丹说："第一，你要把一袋麦子一粒不落地捡回来；第二，你要用竹篮打水装满水缸；第三，你要摘下最高的椰子树上的椰子。"国王说道。

扎曼马上去捡麦子，捡了整整一天，在蚂蚁的帮助下，最终捡回了所有麦粒。

他拎着竹篮去打水，水顺着缝隙都流走了。这时，一条黄鳝在篮子里涂满了黏液。等黏液干透了，竹篮就可以打水了。就这样，过了半天，扎曼就把水缸装满了。

最高的椰子树上住着一条毒蛇，所有爬树的人都被它咬死了。扎曼很害怕，但还是鼓起勇气爬树，结果发现毒蛇居然睡着了。他顺利摘到椰子。

围观的人们爆发出一阵欢呼声。

得知真相的蓬丹达曼走了过来，表示原谅了他这几年的所做作为。夫妻俩拜别国王，回家去了。

在父亲和母亲的呼唤声中，小佳汀甘蓝苏醒过来，一家人再也没有分开过。

铁匠的智慧

从前，有一个铁匠，他有一片葡萄园。

风调雨顺的年头，采摘下来的葡萄，能酿出一百多桶葡萄酒。

这一年，在他的精心照料下，葡萄长势喜人，累累的果实似乎要把藤蔓压断。

铁匠开心地算计着能酿制多少桶葡萄酒，好提前准备酒桶。

可惜天公不作美，突然下了一场冰雹。

铁匠赶紧跑到葡萄园查看，发现只剩下了几串葡萄，其他的都被冰雹打烂了。他十分伤心，把仅剩的葡萄摘下来，榨成一小桶葡萄汁。

"葡萄园损失严重，就剩下这么点儿葡萄汁，还不如在回家路上先碰到谁，就跟他喝光算了。"铁匠无奈地摇了摇头。

铁匠提着桶往家走，一边走一边四处张望。

这时，迎面来了一个女人，铁匠还没来得及打招呼，女人就上前一步先开口了。

"铁匠，总算找到你了。我在村里打听到你在葡萄园，就赶过来了。"女人说道。

"你是谁啊，找我做什么？"铁匠感到十分疑惑。

"我是死神，要带你上路。"女人回答说。

铁匠一听，吓了一大跳，但马上又镇定下来。

"噢，死神啊，刚才下了一场冰雹，毁掉了我的葡萄园，今年只收获了这么点儿葡萄汁。离开葡萄园时，我决定要跟遇到的第一个人一起把它喝了。咱俩先喝完葡萄汁，然后你想怎样都可以。"铁匠说道。

说完，铁匠就先喝了一口，然后递给死神。就这样，两人一起享用甘甜的葡萄汁。

"听说很小的洞口你都能钻进去，是真的吗？依我看，你个子这么大，那种极小的洞口，就比如这个桶上的小孔，你肯定钻不进去。"铁匠灵机一动，说道。

"那就让你见识一下我的本事，把桶提起来，把上面的塞子拔掉！"死神吩咐道。

铁匠一听，暗自高兴，赶紧拔掉桶上的塞子。

只见死神立刻变成一条细线，轻松钻进桶里。铁匠急忙拿起塞子，塞住了小孔，然后提起来往家走。

死神在桶里憋得喘不过气来，央求铁匠放她出来。

"哼，你还想骗我，我又不是傻瓜！"铁匠根本不相信死神那一套。

他回到家，把小桶挂到墙上。

自从死神被铁匠关进桶里，村子里再也没人死去。

但这件事儿却惹得上帝烦躁不安，于是派魔鬼去打听，是谁这么大胆子，竟敢把死神关起来。

"无知的铁匠，你为何如此大胆，把死神关进了小桶？你最好现在就跟我去见上帝，自己解释清楚。"魔鬼大声喊道。

"跟你走可以，但我有一个要求，请允许我为孩子们打造一把斧头和一把锄头，然后再跟你走。另外，还得麻烦

你帮忙把火吹旺点儿，这样干起活儿来也快一些。"铁匠请求说。

"不过，你得教我怎么吹，我没吹过。"魔鬼满口答应，跟着铁匠来到打铁房。

"你要钻到风箱里去吹。"铁匠说道。

魔鬼立刻钻进风箱，铁匠赶紧堵住出口，然后叫来一些村民，举起大锤，使劲敲打风箱。

魔鬼被震得晕头转向，狼狈地逃走了。

听说魔鬼被打，上帝非常气愤，又派了三个魔鬼来找铁匠。

魔鬼们来到铁匠家，铁匠正准备去劈柴。

"铁匠，上帝派我们来问你，为什么如此大胆，竟敢把死神关进小桶？你最好乖乖跟我们走，免得受皮肉之苦！"魔鬼们大喊道。

"我遵从上帝的旨意，答应跟你们走，不过得请你们帮我劈开这些大木头，让我的孩子们有柴烧。劈完我马上跟你们走，可以吗？"铁匠问道。

"那好吧。不过，你得告诉我们怎么劈柴。"魔鬼们爽快地答应了。

铁匠拿起木头，用斧头劈开一端。

"你趁我从木头里抽出斧头的瞬间，把手指插进裂缝里，听明白了吗？"铁匠对第一个魔鬼说。

魔鬼似懂非懂地照做，裂缝像老虎钳一样，紧紧地夹住了他的手指。

"来来来，按我刚才说的，把手指插进裂缝里。"铁匠又劈开一块木头，对第二个魔鬼说。

第二个魔鬼也照做了，当然，他的手指也被死死地夹住。

铁匠劈开第三块木头，同样，夹住了第三个魔鬼的手指。

这样一来，三个魔鬼都被钉在木头上了。

铁匠得意极了，找来很多村民，把三个魔鬼痛打一顿。

三个魔鬼被打得遍体鳞伤，苦苦哀求铁匠，并答应再也不来找麻烦。铁匠动了恻隐之心，饶恕了他们。

三个魔鬼连滚带爬地逃跑了。

后来，铁匠过起了平静的生活，再也没有魔鬼前来打扰，就连他自己都不记得过了多少年。

一天，他待得厌烦了，便跑到天堂门前敲门。

"你是何人，竟敢如此大胆来闯天堂？"守卫问道。

"我是铁匠，你虽然不认识我，但请允许我说明来意，上帝曾经叫我来说清有关死神的事儿。"铁匠实话实说。

"快点儿走开，这儿没你的立足之地！"守卫挥着手说道。

"既然这样，我倒要去地狱问问魔鬼，当初是谁派他们来找我的。"铁匠有些生气了。

铁匠来到地狱门前，敲了敲门。

"你是谁，来这儿做什么？"守卫拉开门上的小窗问道。

"快开门，我是铁匠！"铁匠大声回答说。

魔鬼们一听都吓得魂不附体，尤其是到过铁匠家的那几个魔鬼，告诉守卫千万别放铁匠进来。

"快回去吧，这儿不是你该来的地方。"守卫说道。

铁匠只好又回到天堂门前，使劲儿敲门。

"快点儿开门，我是铁匠！"铁匠催促道。

"赶紧走开，这不是你该来的地方。"守卫大声喊道。

"我可以回去，但请行个方便，让我见识一下天堂里是什么样子。麻烦你把门打开一点点，让我看一眼。"铁匠请求道。

大门刚打开一条儿缝，铁匠就借机钻了进去。

天堂里有一堆旧衣服，铁匠认出了一条裤子，是他很久以前送给乞丐的。

铁匠坐在旧裤子上面，不肯起来。

"你在这儿做什么，赶快离开！"守卫说道。

"我坐在自己的裤子上，有问题吗？"铁匠十分固执。

见劝不走铁匠，守卫跑去向上帝报告。

　　"尊敬的上帝，铁匠强行闯入天堂，坐在那儿赖着不走，说什么找到了他送给乞丐的旧裤子，现在该怎么办?"守卫一筹莫展。

　　"千万不要惹恼他，既然他想留在这儿，就让他留下好了。"上帝无奈地说道。

　　就这样，铁匠最终住进了天堂。

勇敢的三王子

国王年迈多病，渴望能得到灵丹妙药，吃完后返老还童。

一天晚上，国王做了一个奇怪的梦，梦到在一个遥远的王国里，有一口神奇的井，里面都是仙水。用井水洗完澡后，自己变得耳聪目明，年轻了几十岁。

第二天早晨，国王把三个儿子叫到身边，告诉他们自己做的这个梦。

"你们三兄弟要不惜一切代价找到那口仙井，弄到仙水。谁弄到仙水，我就把王位传给谁。"国王说。

　　"这项艰巨的任务就交给我来完成吧，我是长子，要给两个弟弟做个榜样。请给我一只船，几个水手，还有足够的钱，我去寻找那口井。"大儿子首先来到父亲身边，对父王说。

　　国王很高兴，为他准备了豪华的船只和水手，以及旅行的必需品，送他到码头，看到儿子扬帆起航才回家。

　　大王子航行了许多天，路经一个小王国，刚一上岸，就被几个卫兵带到国王面前。

　　"你们是什么人，为什么到我的王国来，想到哪里去?"国王问道。

　　"我是王子，你没有资格审问我，我想去哪儿就去哪儿。"大王子傲气凌人地说道。

　　国王气得暴跳如雷。

　　"在我的王国里，你竟敢藐视我的存在，把这个狂妄之徒以及他的随从一起送到监狱。船只及所有的东西全部没收。"国王说。

大王子一走就是一年，老国王在家望眼欲穿，始终没等到大儿子回信。

"大哥已经一年多音信全无，我替您去寻找仙水，也找一下哥哥。"二王子对国王说。

"只能这样了，父王把希望都寄托在你身上了，无论能不能找到仙水，一定要回来，不要像你哥哥那样，一去不复返。"国王嘱咐道。

"放心吧，父王！我一定会回来的。"二王子说。

国王同样准备了一只大船、水手和生活必需品，送二儿子远航。

二王子航行了几天几夜后到了大王子经过的王国，刚一上岸，同样被几个卫兵带到国王的面前。

"你们是什么人，为什么到我的王国，想到哪里去?"国王问二王子。

"我是王子，我的行程没必要告诉你，快放我走，否则对你们不客气。"二王子的回答同样傲慢无礼。

"你真是不知道天高地厚，在我的王国，竟敢如此无礼。来人，把这个自不量力的家伙抓起来，扔进监狱。"国王生气地说道。

二王子一走又是一年，一点儿消息也没有。国王怀疑哥儿俩凶多吉少，对他们十分担心。

"两年了，两个哥哥一去不返，我很担心。这次只能我去寻找仙水了。"一天，小儿子对国王说。

国王把物品准备好后送三王子出海。

这一天，三王子来到了两个哥哥到过的王国。三王子一靠岸，同样被卫兵带到国王面前。

"国王，您好！"一见到国王，三王子便上前深鞠一躬。

"年轻人，你是什么人，为什么到我的王国，想到哪里去？"国王问。

"我父亲体弱多病，他梦到在遥远的王国里，有口神奇的井，用井里的仙水洗澡，会返老还童。两位哥哥出来找仙水，一去不回，生死未卜。我也是出来找仙水的，不知能不能找到。"三王子恭敬地说道。

"你是个孝顺的孩子，你一定能找到仙水，祝你成功。如果你找到仙水，别忘了让我也感受一下它的魔力。"国王笑呵呵地说。

三王子答应了国王的要求，继续赶路。

三王子又航行了好多天，眼前出现了一座大山。他吩咐把船靠岸，让随从在船上等他。

刚上岸不久，他遇到了一位白发苍苍的老人。

"您好，老人家，您听说过有一口神奇的仙井吗？用这口井里的水洗澡，人会变得年轻！"三王子礼貌地问老人。

"我真没有听说有这么神奇的井，不过山上有一位老猎人，是一位奇人，能跟百鸟交谈，也许他知道。"老人回答说。

"年轻人，你这次旅行会遇到你的意中人，会有一段好姻缘。"老人告诉三王子。

三王子拜谢老人后便上山了。

三王子来到猎人家，跟他亲切地交谈，说明了来意。

猎人把手放到嘴里，吹出一种响亮的哨音。不一会儿，鸟儿都落到猎人面前。

"谁听说过有这样一口仙井，用仙井里的水洗澡，人会变得年轻。"猎人问鸟儿。

"没听说过，不过我们可以帮忙打听一下。"鸟儿们回答道。

"老鹰见多识广，也许能知道这口仙井在哪里。它折断了翅膀，所以留在树林里。"其中一只鸟儿说。

三王子和猎人来探望老鹰，并一起帮助老鹰敷药，然后又帮它接上了断翅。

"你们有什么事儿？我一定尽力帮忙。"老鹰说道。

"这位王子向你打听一件事儿。你知道什么地方有一口仙井吗？用这口井的水洗澡会变得年轻？"猎人问道。

"我知道这个地方，但离我们这里很远，我曾经去过一次。要去那个地方取仙水，不是那么容易的事情。"老鹰说。

"就是上刀山下火海，我也得闯一闯。你有什么好的建议吗？或者说我需要准备什么？"三王子问道。

"那口井在一座城中，一进城门，有十二只凶猛的狮子把门。狮子看见陌生人出现，就会把他吃掉。你想一想，送给狮子什么礼物才不会吃你呢？"老鹰问。

"我知道了。"三王子说。

"过了狮子这一关，你会看到两位姑娘在街上用双手清理垃圾。她们看见陌生人来就会挖掉他的眼睛。"老鹰说。

"然后呢?"三王子问。

"你送给她们工具就行啦!"老鹰说。

"我明白了。"三王子回答道。

"过了前两关,你会看见一个用自己头发提水的姑娘。你送给她礼物后,她就不会找你麻烦了。"老鹰说。

"我想好了。"三王子说。

为了答谢三王子,老鹰决定同他一起去找仙水。

"我马上给你弄一棵迷魂香,它有神奇的作用,但是不到万不得已的时候,不要用。"老鹰嘱咐三王子

"我去买十二头羊,两把扫帚,还有一根绳子。买完这些东西我们就出发。"三王子告诉老鹰。

他们行驶了一天一夜,来到一座山前。

"过了这座山就离我们要去的地方不远了。我先去察看一下地形,回来再向你汇报。"老鹰说。

"我已经看到那口井了,咱们明天中午就能到达那个城

市。"老鹰飞回来向三王子报告。

第二天中午，三王子带着准备好的东西来到城门口。

他推开城门，十二只凶猛的狮子张开血盆大口朝三王子扑来。

"朋友们，我给你们带礼物来了，每位一只羊，你们慢慢享用。"三王子后退两步说。

狮子们扑向羊，美美地吃了起来。

三王子和随从顺利进城。两位姑娘在大街上拾垃圾，突然看见有陌生人过来，便扑了上去。

三王子拿出扫帚扔给两个姑娘。她们拿起扫帚高兴地开始扫地，不再理会其他人。

老鹰在前面带路，三王子跟在后面，最后来到仙井旁边的一棵树下。

一位姑娘正在用自己的头发提水，见陌生人朝自己走来，便扑了过去。三王子扔给她一根绳子，告诉姑娘以后用绳子提水就好了。姑娘收下绳子，便不再为难三王子。

三王子就这样成功地拿到了仙水。

"还没见到这里的女王长什么样，有些遗憾。"三王子自语道。

三王子来到王宫，看见美丽的女王正在睡午觉，突然发现女王就是自己梦中经常见到的仙女。

三王子掏出老鹰给的迷魂草，放到女王的鼻子下让她闻了闻。临走时，三王子撸下女王一枚宝石戒指，又拿走了她一只漂亮的鞋子留作纪念。

三王子恋恋不舍地回到船上，命令开船起航。

女王醒来后发现丢了一只鞋和一枚戒指，便急忙跑出来找看守仙水井的姑娘。

"你这个不称职的东西，我让你看守仙水，结果不但让人盗走了仙水，还偷走了我的戒指和鞋子。"女王责怪道。

"尊敬的女王，这些年我为你任劳任怨地付出，你连一根提水的绳子都不给我。一个年轻人给了我一根绳子，用它提水省了很多力气。"看仙水的姑娘反唇相讥。

"你们两个废物，这些年我养你们有什么用，进来陌生人也不管？"女王又去找清扫垃圾的两个姑娘算账。

"这些年我们对你忠心耿耿，而你从来没有给过我们扫帚，每天我们的双手脏兮兮的，怎么洗都洗不干净。一个年轻人送给了我们两把扫帚，清扫起来很容易。"两个姑娘也不甘示弱。

"你们这十二个废物，是怎么看守城门的，让陌生人进

城偷走仙水，还有……"女王最后来到城门，指着狮子骂道。

"我们为您勤勤恳恳地看守城门，你什么时候让我们吃过整只羊？那个年轻人一来就让我们吃到了整只羊。"狮子们也埋怨起来。

听完他们的话，女王觉得自己做得也不对，决定日后一定善待他们。

三王子一行人回到老鹰居住的地方。

"你跟我回我的王国吧，我会好好地供养你的。"三王子对老鹰说。

"谢谢你的好意。这里有我的同伴和我的孩子们。再见了我忠实的朋友。"老鹰说完就飞走了。

三王子来到关押两个哥哥的王国。

国王知道他们的船只回来了，高兴地出外迎接。

"找到能让人变年轻的仙水了吗？"国王问道。

三王子派随从拎来了一桶仙水送给了国王。

国王迫不及待地用仙水洗了全身，顿时觉得身体健壮如牛，而且年轻了几十岁，就像年轻人一样。

"你让我回到了年轻的时候，我一定要奖赏你。这是一袋金币留给你们旅途之用。你的两个哥哥说话办事儿没有你谦虚诚实。他们对我傲慢无礼，我让他们在这里出苦力，算是对他们的惩罚，同时想灭灭他们的王子气焰。现在我就把你的两个哥哥交给你，你们一同回国见你们的父亲吧！"国王对三王子说道。

感谢了国王，王子三人一同赶往自己的王国。

他们行驶了几天，最后来到一个孤岛上休息。

"老三拿到仙水，父王一定会把王位给他，到时候我们多没面子，不如把他的仙水偷过来。"两个哥哥聚到一起说起了悄悄话。

大王子和二王子偷偷地把三王子拿到的仙水换成了海水。

三个王子又航行了几天，终于回到了久别的家乡。

没有想到三个儿子一同回来，国王喜出望外，激动得老泪纵横。

"孩子们！你们找到仙水了吗？"国王仍不忘仙水，继续问道。

"找到了。"三兄弟一齐回答。

"现在就拿出来验证一下它的神奇吧。"国王高兴极了。

国王先用了三王子拿来的仙水洗了全身，可是一点儿效果也没有。

"不可能呀，我历尽千辛万苦弄来的仙水怎么能没有功效呢？"三王子觉得很奇怪。

国王很无奈，便让大王子拿来仙水试一试。

大王子派人抬来偷换的仙水，让国王试用。

国王冲洗全身后，立刻年轻了几十岁，浑身充满了活力。

国王高兴得手舞足蹈。

"老三，你是个不诚实的孩子，为什么要欺骗父王呢？

这个家容不下撒谎的孩子，你出外自谋生路吧。"高兴过后，国王厉声对三王子说。

三王子没有辩解，默默地走出王宫。

三王子漫无目的地走着，最后来到一个牧民的家中。

"我在这里给你放羊，不要工钱，只在这里吃住可以吗?"三王子问牧场主。

"我们正好缺一个放羊的人，你就留下吧。"牧场主回答说。

从此，三王子勤勤恳恳地放羊，牧场主对他也很好，一转眼一年过去了。

女王闻了三王子的迷魂草后就怀孕了，生下一个男孩儿。现在男孩儿已经一周岁了。

"妈妈，爸爸为什么不和我们生活在一起？"儿子问女王。

"你爸爸出远门了，回来一趟不容易。"女王回答。

"那么我们去找爸爸好吗？"儿子问。

"好呀！妈妈一定带你去找爸爸。"女王回答。

女王准备好必需品后就出发了。

女王带着仆人和水手，航行了几天几夜后，终于来到了三王子居住的城市。

女王抱着儿子下了船，找了一块儿平稳干爽的地方，搭起帐篷，和儿子住了进去。

女王给三王子的父亲写了一封信，告诉国王让那个盗仙水的年轻人来见她。

信送到后，国王不敢怠慢，马上派大王子去见女王。

大王子骑着马，很快就来到女王的面前。

"是你盗走了我的仙水吗？"女王问道。

"是啊！"大王子理直气壮地回答说。

"你没有再拿别的东西吗？"女王继续问道。

"没有，我发誓什么东西都没有拿。"大王子坚定地回答。

"回去告诉你的父王，让偷我仙水的年轻人来见我。"女王生气地说道。

"女王说让盗她仙水的年轻人去见她。"大王子回去禀告了父王。

国王派二王子来见女王，二王子来到女王的帐篷里。女王热情地招待了二王子。

"是你偷走了我的仙水吗？"女王问道。

二王子接下来的回答和大王子如出一辙。

"回去告诉你的父王，让偷我仙水的年轻人来见我。他三天之内不来见我，我就毁掉你们的王国，我说到做到。"
女王气极了，大喝道。

女王拿出自己的丝巾，画上儿子的脸形。

"这个男孩儿的脸形就是偷我仙水那个人的脸形。"女王
嘱咐道。

看到丝巾上的画像，国王明白了一切，原来仙水是三王
子拿回来的。两个哥哥把弟弟的功劳归为自己，真是可恶
到了极点。

国王派人四处寻找三王子，他们最后来到三王子放羊的
牧场。

牧场主一看到丝巾上画的人，立刻认出是自己家的羊
倌，于是领人来到牧场见他。

三王子生国王和两个哥哥的气不肯回去。

"三王子，你快回家吧，国王知道错怪了你，派我们接
你回家。如果你不回家，王国就要被人消灭了。"来人苦苦
劝说。

大家一齐给三王子跪下，三王子只好回到王宫。

国王看到儿子回来后，上前拥抱了三王子。

"孩子！是父王错怪了你，这么长时间你去哪儿了？"国王悲伤地问道。

"父王你知道我们三兄弟为什么能一起回来吗？是我用一桶仙水换回了他们两个，他们还恩将仇报，我真是心寒，好在现在真相大白了。"三王子埋怨说。

国王知道是自己错怪了儿子，羞愧地低下了头。

"我去见女王，这个事儿是我惹下的。"三王子说道。

"孩子，你一定要多加小心！"国王嘱咐说。

三王子快马如飞，不久就来到女王的帐篷。

女王一眼就认出了他，这个年轻人就是自己睡梦中遇到的人。

"这个人是爸爸，我爸爸来啦，我爸爸来啦！"女王的儿子也认出他来，不停地喊道。

"是你偷走了仙水吗？"女王问三王子。

"是的，我不仅偷走了你的仙水，还偷走了你的宝石戒指和一只鞋。"三王子回答道。

"你为什么要拿走戒指和鞋？"女王很疑惑。

"因为我想留作纪念，想你的时候拿出来看看，睹物思人。我这么做是无奈的选择。"三王子回答说。

女王激动地抱住三王子，儿子也凑到三王子跟前。三王子看到孩子，亲切地把他抱了起来。

"这个孩子就是我们的儿子，他天天要找爸爸，我拿他没有办法，才千里迢迢来找你。"女王说。

"我要娶你为妻，还要做一个好爸爸。"三王子坚定地说。

见三王子把女王领回来，老国王很高兴，为他们举行了隆重的婚礼。

"我早就许下诺言，谁拿到仙水，就把王位传给谁。三王子弄到了仙水，我不能食言，现在就把王位传给他。他聪明睿智，心地善良，与世无争，把王位传给他我放心。"婚宴结束不久，国王对大家说。

"你们两个无能之辈，用这样不道德的方法骗取仙水，弄虚作假欺骗本王，使我蒙羞。我最恨不诚实的人。你们现在就滚出王宫！"国王严厉地惩治了两个王子。

三王子就这样当上了两个王国的国王。他治国有方，使两个王国的百姓安居乐业，不受外敌侵扰。

巴叶的故事

很久以前，拉普拉塔河的两岸生活着许多瓜拉尼族部落，瓜拉尼族是印第安人的一支，是拉普拉塔河的土著居民。在众多部落中，有一个部落远近闻名，令人敬畏。

巴叶就出生在这个部落里，他是部落首领的长子。巴叶出生后，就表现出自己的聪明才智，部落中的人们都喜欢他，长大后，他更是成熟稳重，显示出非凡的才能。在和其他部落的战争中，巴叶更是身先士卒，英勇无比，所以敌人只要听到他的名字都会胆战心惊，而他的事迹也在河岸的众多部落中广为流传。

巴叶在对待自己的族人和朋友时，显得和蔼可亲，就像对待自己的亲兄弟一样；在对待战败者时，巴叶也非常的宽宏大量。不仅如此，巴叶长得十分英俊，身体健壮，他实在是太优秀了，以至于月亮女神都偷偷地倾慕着他。

月亮女神是在晚上出来统治世界的神，她在天上总是注视着巴叶，关注得越多，她发现巴叶的优点也越多，对他的爱慕之情也就越多。"多么优秀的人儿啊，只有他才配做我的朋友。"月亮女神暗自想着，一定要找个机会和巴叶见上一面，这样他们就可以成为朋友了。

在没有战争的时候，巴叶就会背着弓箭，到岸边的森林打猎。每次他都是满载而归，行人看到他满手的猎物，都会投以敬佩的目光。

"真是个好猎人！""多英武的孩子啊！"只要看到巴叶，大家都会这样称赞他。

不过并不是部落中的所有人都喜欢巴叶，他的继母就从心底里讨厌这个优秀的小伙子。每当巴叶赢得了一场战斗，或者是听到别人对他的夸奖时，巴叶的继母都更加的讨厌他。随着巴叶在部落中威信越来越高，人们对他的崇拜越来越重，巴叶的继母便觉得必须想个办法除掉这个"可恶"的人。

巴叶的继母讨厌巴叶，是因为她希望自己的儿子能够继承部落首领，统治整个部落，而巴叶的存在让她的愿望变得很难实现。

继母的儿子，也就是巴叶的弟弟，倒是一个不错的小伙子，并不像他的母亲那么坏，他和巴叶哥哥的感情也很好，他们兄弟两个常常会一起打猎。

有一天，兄弟二人又一同到森林打猎。太阳懒洋洋地挂在天上，晒得地面热气腾腾，远处的河面上更是雾气沉沉。

兄弟二人一直在追赶着猎物，他们已经有了很多的收获，但他们更喜欢在树林追逐猎物的感觉。

"哥哥，你看那边。"弟弟轻声说道。

巴叶朝着弟弟指的方向看去，发现前面的草丛中卧着一直美丽的鹿。两个人很有默契地对视了一下，便张开了弓箭。这时，鹿忽然从地上起来，它发现了他们，于是拼命地跑开了。

为了不让鹿逃走，弟弟急忙射出了一只利箭。箭正好射中鹿的腹部，奔跑的鹿"轰"的一声便栽倒在地，再也爬不起来了。

"干得漂亮，弟弟！"巴叶夸奖着弟弟。

兄弟二人高兴地朝奄奄一息的鹿跑过去。就在他们要将鹿拖走时，巴叶猛地发现不远处还潜藏着一只凶猛的野猪。野猪看到兄弟俩儿，便低着头打算朝他们这边冲过来。

"弟弟，小心野猪!"巴叶赶紧喊道。

弟弟听到哥哥的喊声，迅速地闪到一边，野猪没有扑到人，便立刻调转头来继续扑向弟弟，而他的身后是一棵粗壮的大树，根本没有地方可以躲避。就在这危险的时刻，巴叶拉弓射箭，一箭便将野猪解决掉了，野猪还来不及哼一声就倒在地上，弟弟安然无恙。

"我的好哥哥，如果不是因为你，我想我早就死了，谢谢你，你总是能及时地救助别人。"弟弟感激地说。他靠着大树，惊魂未定。"我只顾看我的猎物，却一点儿也没注意身后。"

"哈哈，不要把这件事放在心上。"巴叶大笑着不以为然地说："我们任何人都可能会遇到危险，今天如果是我遇险，你也一定会毫不犹豫地救我的。"

兄弟两个继续高高兴兴地打猎，一直到傍晚才注意到，雾气已经越来越浓了，蔚蓝色的天空也在迅速地暗淡下来，一片片的乌云正在快速地拢过来。

"巴叶哥哥，看样子天就要下雨了，我们回村吧，你觉得呢？"弟弟说。

巴叶抬头看了看已经阴得黑沉沉的天空，觉得弟弟说得很对，可是不明缘由的他就是不想现在回去。

"的确是要下大雨了。"巴叶回答，"可是，我的弟弟，我还不想回去，想留在这儿。"

弟弟听了巴叶的话，很不理解，"我的哥哥，你是疯了吗，为什么还要留在这儿，难道是要等着美丽女神的降临吗？"

巴叶听到弟弟这么说，哈哈大笑起来，他开玩笑地说："我聪明的弟弟，你说的对，我同月亮女神有一个约会，所以要在这里等着大雨过后，能见到她为止，我可不想失约啊！"

弟弟也笑了："既然是这样，那么我就一个人回去了。希望月亮女神能够很快来赴约，而哥哥你也别淋成落汤鸡。"说完弟弟就离开了。

看着弟弟消失在视线中，巴叶拿起了自己的弓箭继续小心翼翼地往前走，相对于暴风雨来说，更危险的其实是森林里的野兽。

他想在暴风雨来临之前找到一个能够栖身躲雨的地方，可是树林里忽然刮起了一阵狂风，树木被吹得东摇西晃，很多枝叶都被吹断，随着大风飞出去很远。

巴叶被大风吹得睁不开眼睛，寸步难行，只好靠在身后的大树上。狂风将乌云吹得更加浓密，等到风停歇了，天空便传来了滚滚雷声，闪电更是照亮了整个树林，一阵电闪雷鸣之后，大雨倾盆而下。这个地方已经很久没有下过雨了，久旱的土地抓紧每一秒钟贪婪地吮吸着雨水。

大雨下了好一阵子，终于慢慢变小了，最后停了下来，天空放晴。

这时太阳已经落山，月亮不知何时爬到天空，树林里到处都洒满了清冷的银色光辉。巴叶抬头看向天空，一眼便看道了挂在天上的圆月，脑海中不仅回想起弟弟临走时说过的话。

正当巴叶沉思的时候，奇迹出现了——天空中的圆月改变了形状，并且朝着他直奔过来，月亮的银色光辉变得越来越亮，照得巴叶周围如同白昼。巴叶不禁呆住了，月亮变成了一个亭亭玉立的白衣少女，站在他的面前。很快，巴叶就明白了，这一定是月亮女神，他的心跳得厉害，马上跪在了湿漉漉的地上，再也不敢抬头看女神一眼。

"快起来吧，巴叶。"月亮女神温柔地说，"瞧，我准时来赴约了。"

听了月亮女神的话，巴叶连忙答道："我尊敬的月亮女神，那只是我开玩笑的话，请您不要当真。"

月亮女神温柔地笑着打断巴叶的话："巴叶，也许你还不知道，是我选择了今天晚上来和你约会的。你今天不想和弟弟一起回去，想要留在这里的念头，就是我早在你的心里播下的。"

巴叶听了月亮女神的话，真是觉得又紧张又幸福。月亮女神继续说道："我每天都在高高的天上，所以能看到人间发生的一切。最近我看到了一个很强大的部落正在向你的部落挺进，他们酷爱杀戮，无论走到哪里，就把死亡和

悲伤带到哪里。"巴叶的眉头皱了皱，月亮女神继续说："不过，我想让你来制服这个部落，让你成为瓜拉尼族人的骄傲和世代称颂的英雄。"

此时，巴叶心潮澎湃，无比激动地说："我的女神，我将为您而战！哪怕是流干最后一滴血，我也不会让弓箭从我的手中掉落。"

"我的英雄，你不会死的。我会让你成为战场上的常胜英雄，你将会百战百胜，刀枪不入。"说完，月亮女神拿出一个护身符对巴叶说："你看，这个护身符是我亲手制作的，你只要带上它，就会常胜不败。"

巴叶毕恭毕敬地接过了护身符，刚想好好地谢谢月亮女神，却发现女神一瞬间便消失不见了。树林里又变得不再那么明亮，所以巴叶根本没有注意到，躲在一棵大树后面的一双邪恶的眼睛。那是恶神阿尼亚，他已经偷听到了刚才月亮女神和巴叶的话，现在正在琢磨着坏主意呢。

自从巴叶从月亮女神那得知自己的部落将会受到威胁，

便开始着手做好各种战斗的准备。他将部落中的勇士和小伙子们都召集起来，并将他们部署在部落的各个战略要地，这些地方都是巴叶精心挑选的，既可以很好地掩蔽自己，又能做到出奇制胜，偷袭敌人。没过多久，一个强大的队伍便出现在巴叶所住的部落附近。这个敌对的人群看到巴叶的部落非常宁静，甚至连个人影都没有，就好像毫无保卫的样子，他们便肆无忌惮地进了部落。

突然，从四面八方射出的弓箭像雨点一般落下，敌人只能慌忙逃窜。开始的时候，这种奇袭的确让敌人感到恐慌，但很快他们就像进攻别的部落一样，不断地发起猛烈的攻击。

为了能尽快将敌人击退，巴叶带着护身符在战场上勇猛冲杀，他的勇气和行动鼓舞着每一个战士。战斗就这样激烈地一直持续到天黑，敌人损失惨重，败下阵去。

巴叶带领着大家乘胜追击。

这个勇敢的年轻人却不知道自己正陷入到更可怕的危险

之中。

原来是恶神阿尼亚找到了巴叶的继母。这个女人当时正在茅屋中为自己儿子的前途唉声叹气，现在巴叶成为了整个部落所敬仰的英雄，自己的儿子想要得到部落首领的位置几乎是不可能了。

"夫人，您应该听我说几句。"阿尼亚说。继母忽然听到一个可怕的声音，循声望去，便看见一个黑黑瘦瘦，瞪着两只血红眼睛的东西站在那边。

"我是阿尼亚，我会帮你实现你的愿望。你不是希望儿子能够像巴叶一样，在战斗中刀枪不入吗？你不是希望他的父亲会将首领的位置传给他吗？"

继母听到阿尼亚的话非常恐惧："万能的神啊，什么都瞒不过您，求您帮帮我，我将会一生都是您的奴仆。"

恶神听后邪恶地笑了，他的目的就这么容易的达成了。"巴叶之所以会这样勇猛，是因为他是月亮女神的情人，女神给了他一个护身符，让他能够刀枪不入。"

"求您也给我儿子一个这样的护身符吧！"继母乞求道。

"我并没有那么大的本事，但是我可以给你一些能够让巴叶睡觉的草药，你用这些草药煎成水给他喝，他就会睡得像个死人，这样你就可以趁机把护身符偷走。"

继母接过草药，说："可是，如果被人知道是我偷走了巴叶的护身符，首领会烧死我的。"

"不要怕。我已经安排好了一切，你瞧，这是我仿制的护身符，你用这个把真的换过来就不会有人发现了。"阿尼亚又把假的护身符递给了女人。

当天晚上，巴叶在喝了草药水之后沉沉地睡了过去，女人便将护身符从他的身上取了下来，她将两个护身符反复比对了好多次，终于放心将假的护身符挂在了巴叶的胸前，将真的拿走了。

"我的儿子，我要送你一件礼物。"她对自己儿子说。

"是什么礼物啊？"儿子征战了一天，几乎筋疲力尽，他无精打采地问。

"你要先发誓，不会把这个礼物告诉任何人，这样我才能给你。"

"好吧，妈妈，我发誓。"弟弟现在就想先好好休息。

"带上这个护身符，在战场上你就可以刀枪不入，英勇无比。"

"妈妈，你怎么会有护身符？"弟弟有些好奇。

"这是很久之前一个巫医给我的礼物。不过你要记住，想要护身符灵验，就绝对不能告诉任何人。"年轻人听到母亲这样说，不得不再次保证绝对不会走漏半点风声。

第二天一早，巴叶醒来了，开始的时候，他还觉得迷迷糊糊，后来头脑便逐渐清醒，自己一直在战场上厮杀，回到部落后，便睡得很沉。他想起月亮女神送给他的护身符，赶紧用手摸了摸，还好，它依然挂在自己的胸前。巴叶的心放了下来，此刻经过一夜的休息，他已经准备好了继续战斗。

此时才刚刚破晓，巴叶兄弟俩儿便带领勇士们上了战场，敌人比昨天更加疯狂，他们发动了一次又一次的反扑。因为一直坚信有护身符的保护，巴叶始终冲在最前方，以身作则，他动员自己的队伍投入战斗，无所畏惧。可是今天，一切都不同了，巴叶的身躯忽然一颤，他中了一箭，并且伤口很深。

巴叶很快便感到了剧烈的疼痛，双腿一软，便倒在了地上。两个勇士赶紧将他救回了部落。

巴叶一倒下，队伍便乱了起来。敌军发现了这一点，便

发起了更加凶猛的进攻，眼看就要被敌军打败，巴叶的弟弟急忙将已经散乱的勇士们集中起来，带领着他们继续冲杀。

战场上的勇士们看到了弟弟的勇猛，敌人的箭犹如雨点般飞射过来，可却一支也射不到他。弟弟带领着大家进行顽强的抵抗，终于打退了敌人的进攻。敌人被消灭，战斗结束了。人们开始拥护和崇拜巴叶的弟弟，忘记了巴叶曾经的勇猛和战功。

巴叶昏迷了好几天才苏醒过来。月亮女神在天上看到巴叶的身体正在慢慢地恢复，于是便派出了自己的小信使——一只古阿鸟。古阿鸟带着女神的话来到了巴叶的屋子，这时的巴叶正要出去晒太阳。

"来，跟我来。"小鸟飞到巴叶的身上低声说。

巴叶听到小鸟儿说话，觉得非常奇怪，他决定跟着去看看到底会发生什么。到了偏僻的地方，鸟儿停下来对巴叶说："巴叶，我是月亮女神的信使，我带来了她的口信。"

"女神需要我做什么呢?"巴叶好奇地问。

"她想再见你一面。在月圆的第一个晚上,你要到部落外面去,千万别让人看到,月亮女神会像上次一样,来到你的面前。"古阿鸟说完就飞走了。

月圆的第一个晚上来临了,巴叶悄悄地从茅屋出来,在确定了没有人看到他之后,便急忙跑到了部落外的树林。他刚刚赶到,圆滚滚的月亮便闪着银色的光辉降落下来,月亮女神再次来到了巴叶的身边。

"巴叶,我给你的护身符呢?"月亮女神问。

"我一直都将它紧紧地挂在胸前,我的女神。"说完,巴叶将护身符拿出来给她看。

"唉,那么为什么你会被箭射中,险些丧命呢?"月亮女神问。

巴叶一时不知道怎么回答。月亮女神便告诉了他事情的真相。此刻的巴叶对于继母真是恨之入骨,他说道:"我要怎么拿回来呢? 他的妈妈一直守在他的身边保护着他。"

"不用担心，我告诉你一个办法，你就可以收回护身符。你要先捉一只喜鹊，然后在它的头上挖个洞，在里面种下这三粒种子。"女神给了巴叶三粒种子，继续说道："种子放进去之后，将喜鹊埋在井里，用不了几天，种子就会长成植物，你将它的叶子摘下来，这些叶子有着神奇的功能。"

"是什么功能呢?"巴叶问。

"将叶子放在嘴里，别人就看不到你了。这样你就可以在天黑之后，来到你弟弟的身边，将护身符拿回来，这样你的继母也不会发现。而且，我的朋友，还有新的战斗在等待着你，你还需要护身符保护，所以快些行动吧!"说完，月亮女神便离开了。

巴叶看着周围的光辉慢慢地暗下去，虔诚地张开双臂，喃喃地说："谢谢您，我的女神。"

第二天，巴叶便按照月亮女神的嘱咐，将种了种子的喜鹊埋在了井里，果然，几天之后，井里便长出了一株植物。巴叶将它的叶子都摘了下来，放进了自己的嘴里，就如月亮女神所说，谁都看不到他了，就这样，巴叶取回了自己的真护身符。

正如月亮女神说的，不久，拉普拉塔河上游的一个部落向巴叶的部落发动了攻势。巴叶的弟弟这次指挥着部落的勇士们同敌人战斗着。可是，战斗才刚刚开始，弟弟就受了致命伤，战斗持续了整整一天，双方难分胜负。

夜晚来临了，战士们都累得筋疲力尽，快要支撑不住了，于是开始后退。此时，月亮已经升起，巴叶翘首望着天空的皎月，顿时身上有了无穷的力量和勇气，他再次冲到了最前方，用激昂的语言和切实的行动鼓舞着勇士们。疲惫不堪的战士们受到巴叶的鼓舞，都爬起来继续战斗，终于，敌人被巴叶带领的队伍打败了。

战斗结束后，巴叶的弟弟因为伤势过重而亡，他的母亲得知儿子是因为自己的阴谋和嫉妒而丧生时，太过伤心，发了疯。她不断地从一个树林跑到另一个树林，最后阿尼

亚只好将她变成了一只乌鸦。

巴叶则成为百姓一直爱戴和敬仰的英雄，拉普拉塔河沿岸的人们还将一种护身符起名叫巴叶，就是为纪念这位常胜勇士。

四个王子

　　很久以前，有一个国王，在他的王国，任何人都可以参与朝政，甚至可以把微不足道的琐事讲给他听。在他的统治下，百姓过着幸福的生活。

　　可是，国王没有儿子，每天都祈求神赐给他一个儿子来继承王位。

　　终于有一天，神被国王的善良所打动，扮成苦行僧来拜访他。

　　"想要什么，尽管说，你会如愿以偿的。"苦行僧说。

　　"我已经拥有了财富、荣誉、权力、尊严等东西，但我最想要的是一个儿子。"国王说。

"把这四个苹果给你的妻子，让她在下个周日太阳升起前吃下去，就能生出四个聪明可爱的儿子。"苦行僧说着把苹果递给国王，转身离去了。

国王按照苦行僧的嘱咐，在周日日出前让王后吃下了那四个苹果，王后果然生下四个儿子。可是，王后却在最后一个儿子落地后断了气。

悲伤的国王把希望都寄托在四个王子身上，指定最好的老师教育他们。

然而，世上没有完美无缺的事儿，一个巨大的灾难正逼近四个王子。

国王又结婚了，与新王后生下几个儿子。

新王后见四个王子长得既帅气又聪明，担心自己的儿子不能继承王位，便决定在国王面前诋毁他们。

一天早晨，国王微服私访王宫附近的一个村子，突然下起了大雨。国王什么也没带，被大雨浇得像落汤鸡一样，走进王宫时卫兵差点儿没认出他。

新王后听说国王被雨淋一事后，劝说国王把琐碎的事情交给四个王子。

国王觉得新王后的话不无道理，聪明勤奋的四个王子总有一天要管理这个国家，现在自己还可以指点和帮助他们。

国王命人叫来四个王子，告诉他们自己刚做的决定。

"我相信你们能完成巡视任务。"国王拍着一个王子的肩膀说。

四个王子看到父亲那么信任自己，非常高兴，当天晚上就行动起来，每人负责一个地方，把巡视情况及时禀报给国王。

尽管如此，对王子们的造谣中伤还是在王宫里散播开来，因为新王后想尽各种办法陷害他们。

起初，国王并没把这些谗言恶语放在心上。

但时间久了，国王难免起疑。王子们觉察到父亲不时用怀疑的眼光扫视他们，连说话的语调也变得越来越严厉了。

几个月后，白天的不快和晚上的忙碌终于使四个王子忍无可忍。他们约定深夜在荒凉无人的野树林里开会，商量今后该怎么办。

兄弟相见，分别诉说了自己的痛苦，有的王子提议离开。

"我们不能背叛伟大、圣明的父亲，为了大家能够多些时间休息，保证工作正常进行，我们每人一天，轮流巡视。"大王子劝说其他三个王子。

三个王子被哥哥说服了，留下大王子一人，其他人都回去睡觉了。

四个王子，工作一如既往，持续了很长一段时间。

他们的孝顺、善良和关心百姓的行为，得到了人们的称赞，可国王和新王后仍旧讨厌他们。

一天晚上，大王子出去巡视，路过一座小茅屋时看见婆罗门在抬头看天。突然，婆罗门跑回屋子里。

"不得了了，我看见象征国王的那颗星星被另一颗星星代替了，我们的国王七天以后就要死了。"婆罗门大声喊道。

"国王病了，还是坏人要杀他？"婆罗门的妻子胆怯地问。

"第七天晚上刚敲过第一遍更，一条毒蛇会从天而降，穿过王宫东边的院子，钻进国王的卧室咬他的脚趾。"婆罗门低声回答。

"那圣明的国王怎样才能死里逃生呢？"婆罗门的妻子问丈夫。

"想救国王的人必须在王宫东边的院子里挖几个水坑和牛奶坑，在通往卧室的路上撒些鲜花，手握利剑守候在卧室门口。

"等毒蛇来了，守候的人将蛇杀死，趁国王睡着，将蛇血涂在他的脚趾上。可是，谁会去做这些事儿呢？"婆罗门说完，皱着眉开始祷告。

站在窗外的大王子把这一切听得一清二楚，立刻将消息告诉了其他三个王子，但对国王却只字未提。

第七天晚上，大王子悄悄来到东宫，按照婆罗门说的布置好了一切，拔出宝剑静静地守在门口，等着毒蛇的到来。

刚敲过第一遍更，大王子就看见天上掉下来的那条毒蛇一弯一曲地游过水坑和牛奶坑，爬过撒了鲜花的路，来到国王卧室门口。

大王子手起剑落，把毒蛇劈成两截，取了些热乎乎的蛇血。

大王子出于礼貌，蒙着眼睛走进国王和新王后的卧室，仔细寻找了一阵后，匆匆忙忙往摸到的趾头上抹了点蛇血，没想到竟抹在了新王后的脚上。

新王后睡觉时感觉到有人在屋子里走动，吓得连声尖叫，吵醒了国王。

这时，新王后发现自己脚趾头上有血，以为魔鬼来了，顿时抖作一团。国王十分镇定，看清刚才出去的是大王子。

"你说的对，我现在彻底相信了，明天我就处死四个王子。"国王对新王后说道。

新王后添油加醋地数落起四个王子，暗自得意自己的愿望要实现了，仿佛看见自己的儿子统治着王国。

第二天一大早，气得发抖的国王叫来亲信和谋臣，传旨将四个王子带上来，宣布他们犯了死罪，并下令将他们立刻处死。

话音刚落，几个刽子手就冲上来抓住了四个王子。

这时，二王子跪倒在国王面前，说临死前有个故事要讲给父亲。

"让他讲，也许他想把压在心里的秘密说出来。"国王说。

"一个商人希望独生儿子能干出一番大事业，便让儿子出国做生意。儿子在去做生意的途中，遇到四兄弟正在为谁是狗主人争吵着。

"原来，父亲临死时嘱咐四兄弟，这条狗可卖两万卢比。可是，集市上的人听说狗的价格后，都嘲笑四兄弟是疯子。

"商人的儿子心想，这狗准是有什么特别值钱的地方，便付了钱将狗牵走了。从此，他一帆风顺，几年后回家见父亲时，已经是个富有的商人了。

"可是，商人的儿子回来不久，父亲就死了。

"几年后，由于对财产管理不当，商人的儿子突然发现自己除了身上的衣服和高价买来的狗以外，什么都没有了。

"他去求一位老友，并以一万五千卢比的价格把狗卖给了他，拿到钱之后继续做生意。

"老友非常喜爱这条狗，白天带着它散步，晚上把它牢牢地拴在院子里的木桩上。

"没想到，一天晚上，一群小偷蹑手蹑脚地摸进院子。

"狗汪汪大叫，想唤醒主人，但主人没应声。最后，狗把链子挣断了，但见小偷们手里有武器，就悄悄地跟着他们，看他们把东西藏在哪儿。

"小偷们在路边的一个小树林里停下了，把偷来的东西埋在坑里，打算等事情平息以后再来分赃。

"等小偷走远了，那条狗跑出来，围着坑边刨了一顿，然后跑回家去了。

"第二天清晨，老友醒来发现家中被盗，伤心地大哭起来。这时，狗咬住他的袖筒，使劲儿往门外拽。

"他跟着狗跑了好远的路，终于来到小偷埋东西的那个小树林，只见那条狗蹿到坑边，拼命刨土。不一会儿，被偷的财宝都被狗挖出来了，老友高兴坏了。

"回到家里，老友立刻给商人的儿子写了一封信。

"'前些日子，你卖给我的那条狗，刚刚把我从毁灭中解救出来。现在我自愿再给你一万五千卢比，请你一定收下。'

"他封好信封，让狗叼着给商人的儿子送去。

"商人的儿子见到狗，以为它是逃回来的，怕老友找来要回买狗钱，便把狗杀了。可当他想找个秘密的地方把狗埋起来时，那封信从狗嘴里掉了出来。商人的儿子忙拾起来，打开一看，顿时昏倒在地。"

二王子声泪俱下地讲完了这个故事。国王和所有在场的人都深受感动，大厅内鸦雀无声。

"父亲，其实我们跟那可怜的狗一样无罪，你这样草率决定，不怕以后会像商人的儿子那样后悔吗？"沉默了片刻，二王子郑重地说。

"王命不可收回。"国王喃喃道。

这时，三王子走上前来，请求国王也允许他在临死前讲一个故事。

"讲吧！"国王轻轻地摆了摆手。

"一天，一个猎人一无所获，心里十分着急，走了很久来到一个小茅屋前。茅屋外坐着另几个猎人，听说他已三天三夜没吃东西后，立刻端来一些肉和面包。

"猎人饱餐一顿、睡了一觉后，跟着那几个猎人去打猎，捕获了一只豹子、一些小动物和几只鸟。猎人向那几个猎人道谢后，带着猎物赶回家中。

"过了几天，猎人带上礼物去拜访森林里的那些猎人朋友，在那儿住了很多天，捕获到不少野兽，还给儿子娶了亲，新娘就是猎人头领的女儿。按照习俗，新人要在新娘家住几天。

"一天半夜，懂得各种鸟兽语言的新娘被一声狼嚎吵醒了，躺在床上仔细地听着。

"'河里漂来一具死尸，胳膊上套着一个镶有五颗钻石的手镯。如果有人取下手镯，既清理了河水，又可以给我们提供一顿美餐。'新娘听到门外一只狼对另一只狼说。

　　"新娘听完，爬起来就往外跑。新郎感到奇怪，悄悄地跟着新娘来到河边，只见新娘纵身跳进水中，把一具死尸拉到岸边。

　　"新郎没等新娘取下镯子，就吓得跑回家了。第二天早晨，新郎来到河边，看见一具被狼啃得残缺不全的死尸时，害怕极了，认定妻子是个女妖精。

　　"新郎越想越怕，抄一条小路回到家，把所见讲给了父亲。猎人决定亲自去亲家家里探个究竟。可他刚到，亲家就问新郎出走的原因。

　　"猎人觉得在没弄清新娘的底细以前，最好装作什么也不知道，便说新郎是他叫回去的，这次是来带儿媳的。

　　"吃过饭，猎人就带着新娘回家了。

　　"猎人让新娘在前面走，自己远远地跟在后面，生怕万一新娘真是妖精会吃了自己。走了一会儿，新娘累了，就在池塘边坐下来。

　　"猎人壮着胆子坐在新娘身旁，掏出干粮让新娘吃。几只乌鸦呱呱叫着飞过来，贪婪地盯着猎人和新娘的干粮。

"'这棵树下埋着一罐子宝石，罐子底下成千上万只蚂蚁正损毁这棵大树。要是有人把罐子挖出来，树就得救了，我们搭在树上的窝也能保住了。'有只老乌鸦说。

"新娘听了，又哭又笑，见猎人吓得浑身发抖，便向他解释了事情的经过，并从一个旧布包里拿出一只手镯。

"猎人听说新娘懂得鸟兽的语言，树下又埋着好多财宝，兴奋得跳了起来。

"猎人和新娘在树下刨出那堆财宝，高高兴兴地继续赶路了。

"'这条小溪边埋着金银财宝，谁把它捞出来，水就没毒了，我们也不用再受胃痛的折磨了。'新娘在溪边弯腰打水时，听到一只青蛙说道。

"新娘和猎人把财宝捞出来后向家走去。快到家时，猎人让新娘先走一步。

"新郎远远地看见新娘来了，却没看见父亲，觉得新娘是来伤害自己的，便握着剑等候在家门口。

"新娘刚一进门，就被新郎杀死了。

"过了不一会儿，猎人回来了，见满地斑斑血迹，立刻瘫倒在地。

"'我把女妖精杀了，我们可以平平安安地过日子了。'儿子指着地上的血对猎人说。

"猎人非常难过，对儿子讲述了事情的真相。"三王子也讲完了故事。

听着这悲惨的故事，全场安静极了，国王的心似乎也被打动了。

这时，四王子走到国王面前，也要求讲一个故事。

"很多年以前，有一个喜欢驯鹰的大王。一天，他去一个从没去过的林子里打猎，觉得口渴，命人送些水来。就在他要喝水时，左手擎着的那只鹰突然猛拍翅膀，将杯子打翻在地。仆人赶忙又端来一杯，可同样又被鹰打翻了。

"大王非常生气，大声呵斥了那只鹰，并命仆人再端来

一杯，没想到那只鹰第三次将递到大王嘴边的杯子打翻在地。大王再也忍不住了，举剑把鹰杀了。

"'猎鹰三番五次将水杯打碎，一定是有什么原因，说不定水里有毒。'一个大臣看到这个情况，对大王说。

"大王立刻命人仔细检查仆人取水的地方，结果发现一条巨蛇，正张着大嘴，朝水里喷吐着毒液。

"听了仆人们的报告，大王捶胸顿足，责怪自己为什么不先弄清事情的真相。父亲，你该彻底查明事实，再下判决！"四王子讲完故事后，对国王说道。

国王的态度缓和下来，有些怀疑新王后的话了。

"你告诉我，昨天夜里究竟是怎么回事儿？"国王转身问一直没吭声的大王子。

"我可以毫不犹豫地回答这个问题，因为我问心无愧。一天晚上，我外出巡视，经过一个小屋，里面住着婆罗门老两口儿……"大王子跪在国王面前，把事情的经过详细地说了一遍。

"新王后想让她的儿子继承王位，所以诬陷我们。我们是你忠实的儿子，从没想过要害你。"大王子接着说道。

国王羞愧地低下了头，思索了片刻，对大臣和亲信们说他要亲自调查一下。

于是，四个王子陪着国王来到东院，看到那地上确实挖了坑，而且还留着那条蛇的尸首。国王又来到婆罗门家，仔细地询问了一番，果然情况与大王子说的丝毫不差。

国王弄清了真相，向儿子们道了歉。当天晚上，人们听说四个王子得救了，全城一片欢腾。

不久，当上国王的大王子在其他三个王子的帮助下，把王国建设得更加昌盛了。

阴险狠毒的新王后被逐出了王宫，而令人尊敬的老国王住进一座幽静的树林，修身养性，安享晚年。